SI J'AVAIS UN DIPLODOCUS...

Ruth Symons et Aleksei Bitskoff

Texte français de Josée Leduc

Éditions
■SCHOLASTIC

Le diplodocus était un dinosaure herbivore géant

Catalogage avant publication de Bibliothèque et
Archives Canada
Symons, Ruth
[There's a diplodocus at the door. Français]
      Si j'avais un diplodocus... / auteure, Ruth Symons ;
illustrateur, Aleksei Bitskoff ; traductrice, Josée Leduc.
(Si j'avais)
Traduction de : There's a diplodocus at the door.
ISBN 978-1-4431-3235-0 (broché)
      1. Diplodocus--Ouvrages pour la jeunesse.
I. Bitskoff, Aleksei, illustrateur II. Titre.
III. Titre : There's a diplodocus at the door. Français.
QE862.S3S9414 2014   j567.913   C2013-904250-4

Conception graphique : Duck Egg Blue
Expert en dinosaures : Chris Jarvis

Version anglaise publiée initialement au Royaume-Uni
en 2013 par QED Publishing.
Copyright © QED Publishing, 2013.
Copyright © Éditions Scholastic, 2013, pour le texte français.
Édition publiée par les Éditions Scholastic, 604, rue King Ouest, Toronto (Ontario) M5V 1E1 avec la
permission de QED Publishing.

5 4 3 2 1   Imprimé en Chine CP141   13 14 15 16 17

...ui avait un long cou et une très grande queue!

Il vivait sur Terre
il y a environ
150 millions
d'années, bien avant l'apparition
des premiers humains.

Mais imagine qu'un diplodocus
revienne vivre à notre époque!

Comment se débrouillerait-il?

Et si le diplodocus allait au restaurant?

Comme le diplodocus était végétarien, il commanderait une énorme salade.

Mais en allongeant un peu son...

loooooooooooooooooooooooo

ong cou...

il pourrait manger
à toutes les tables sans
avoir à se déplacer!

Il n'avait pas de
bonnes manières.
Il ne mâchait
jamais sa
nourriture :
il l'avalait
tout rond!

Et si le diplodocus avait mal au ventre?

Il se soignerait peut-être
en mangeant des roches.

Beaucoup de dinosaures
herbivores avalaient des roches.

Comme ils **ne mâchaient pas** leur nourriture, les roches les aidaient à **broyer** les feuilles qu'ils mangeaient.

Et si le diplodocus avait besoin de se laver?

Le diplodocus serait trop grand
pour entrer dans ta douche.
Mais un lave-auto serait parfait.

Le diplodocus
mesurait
27 mètres de long :
c'est comme
trois autobus en file!

Et si le diplodocus utilisait les toilettes?

Une seule de ses crottes suffirait à...

remplir la cuvette!

Tu devrais plutôt lui demander de faire ses besoins dehors. Les nutriments des crottes de diplodocus feraient un bon engrais pour les plantes.

Et si le diplodocus vivait dans ton jardin?

Il mangerait toutes les plantes, même les plus piquantes.

Alors, attention aux **jolies roses** qui font la fierté de ta mère!

Mais le diplodocus pourrait t'aider
à ramasser les feuilles d'automne.
Ses dents de scie serviraient de râteau!

Et si le diplodocus allait au zoo?

Il serait l'animal le plus gros et le plus lourd.

Le cou du diplodocus était trois fois plus long que celui de la girafe, ce qui fait 6 mètres!

Le diplodocus était deux fois plus lourd qu'un gros éléphant, ce qui fait 12 tonnes!

Il était deux fois plus grand qu'un zèbre, même si sa tête était de la même taille que celle du zèbre!

Et si le diplodocus assistait à un feu d'artifice?

Le bruit ne l'inquiéterait pas du tout.
Lui aussi pouvait être très bruyant.

CLAC!

Ses coups de queue
s'entendaient à 10 kilomètres
à la ronde!

C'était sa façon d'effrayer les prédateurs. Mais peu de dinosaures osaient l'attaquer, car il était vraiment très gros.

Et si le diplodocus fêtait son anniversaire?

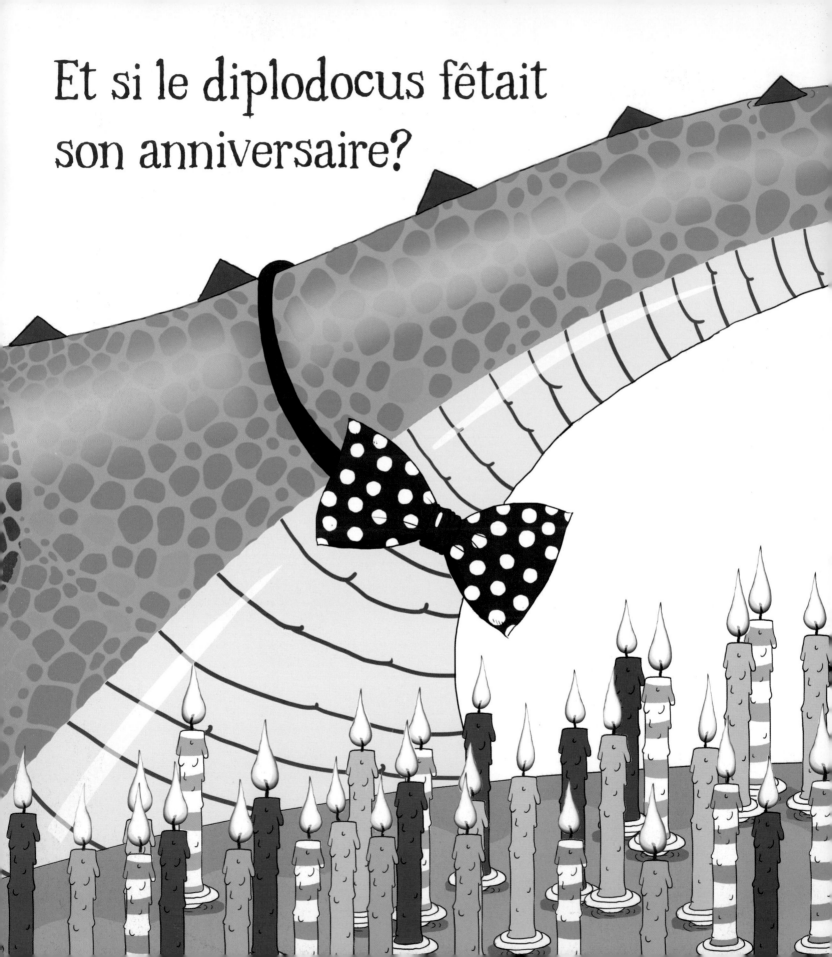

Le diplodocus pouvait vivre jusqu'à

100 ans.

Cela ferait beaucoup de bougies
à souffler!

Et si le diplodocus devait travailler?

Le diplodocus serait très utile sur un chantier de construction. Quand il se levait sur ses pattes arrière, il atteignait presque

10 mètres de haut.

C'est la hauteur d'un édifice de quatre étages!

Le squelette du diplodocus

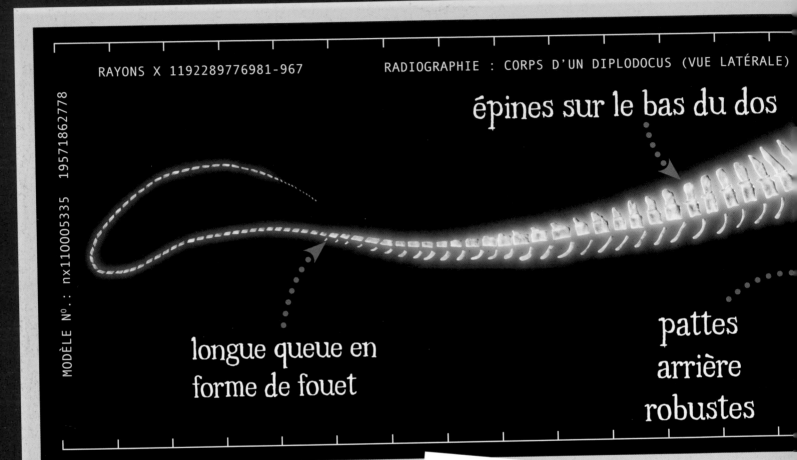

RAYONS X 1192289776981-967

RADIOGRAPHIE : CORPS D'UN DIPLODOCUS (VUE LATÉRALE)

MODÈLE Nº. : nx110005335   19571862778

épines sur le bas du dos

longue queue en forme de fouet

pattes arrière robustes

Tout ce que nous savons sur le diplodocus provient des fossiles, c'est-à-dire des squelettes enfouis dans le sol depuis des milliers d'années.

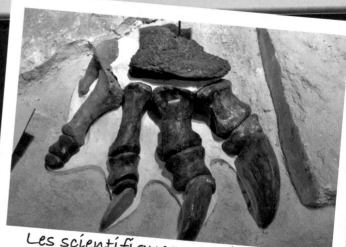

Les scientifiques examinent les fossiles pour découvrir comment les dinosaures vivaient.

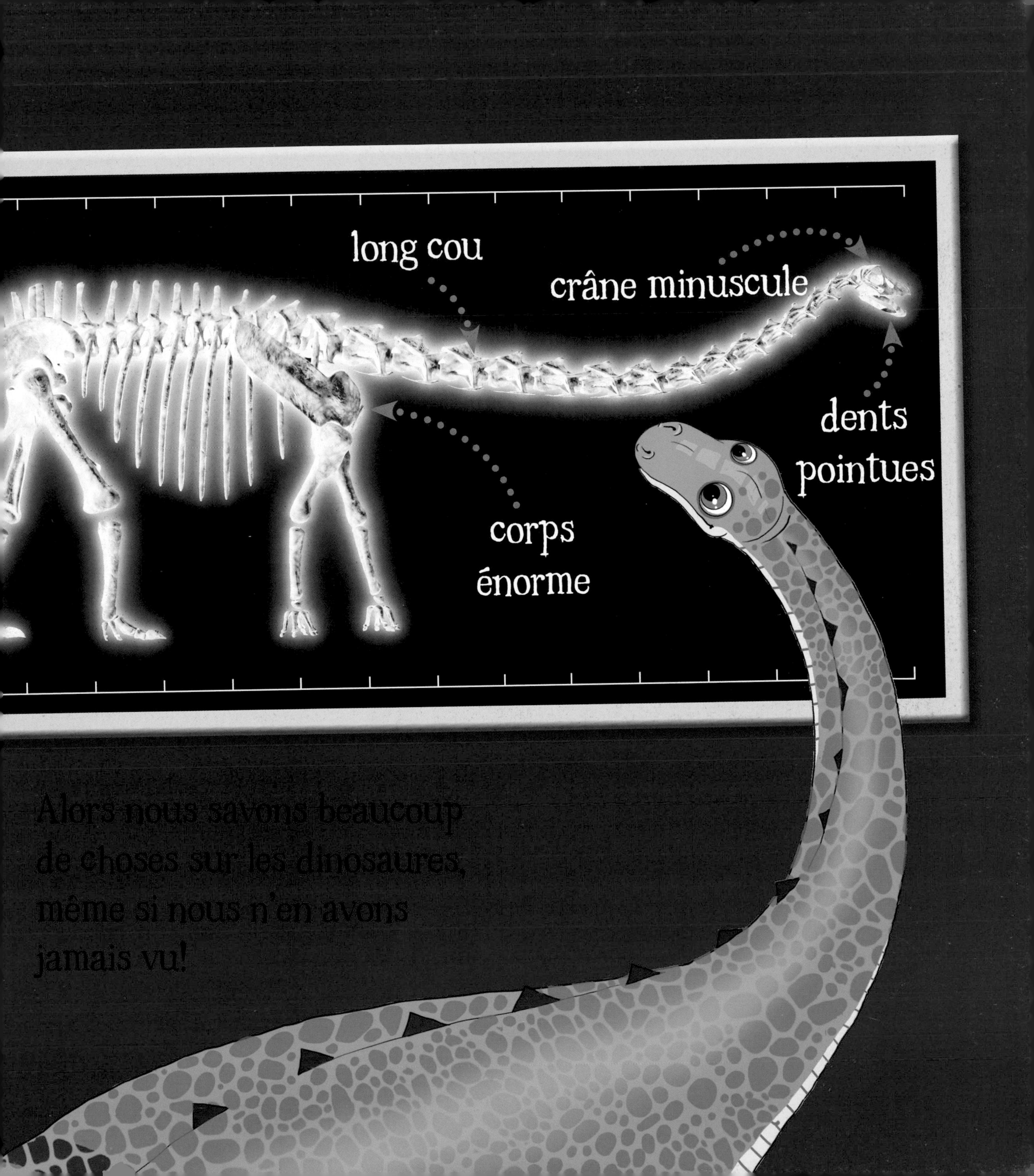

long cou

crâne minuscule

dents
pointues

corps
énorme

Alors nous savons beaucoup
de choses sur les dinosaures,
même si nous n'en avons
jamais vu!

COLORADO, É.-U.
Découverte du premier fossile – 1878

WYOMING, É.-U.
Découverte de peau fossilisée – 1994

WYOMING, É.-U. 1902
Découverte d'un squelette partiel –

WYOMING, É.-U.
Découverte du squelette presque complet d'un jeune diplodocus, surnommé « Twinky » – 2011

UTAH, É.-U.
Découverte d'un tibia – 2007

PASSEPORT

Diplodocus

SIGNIFICATION DU NOM
« DOUBLE POUTRE »
CELA FAIT RÉFÉRENCE À LA FORME DES OS DE SA QUEUE.
POIDS DE 12 À 15 TONNES
LONGUEUR 27 MÈTRES
HAUTEUR 3 MÈTRES
HABITAT FÔRETS
ALIMENTATION FOUGÈRES, FEUILLES, AIGUILLES DE PIN

D<DIP<<DIPLODOCUS<<<<<<<<<<<<<<<340037254347934<<<<<<<<<<<<<<<<<715262291081654 6>>>>>>>